SOPA DE LIBROS

© Del texto: Ana Alcolea, 2016
© De las ilustraciones: David Guirao, 2016
© De esta edición: Grupo Anaya, S. A., 2016
Juan Ignacio Luca de Tena, 15. 28027 Madrid
www.anayainfantilyjuvenil.com
e-mail: anayainfantilyjuvenil@anaya.es

1.ª edición, marzo 2016
2.ª edición, diciembre 2016

Diseño: Manuel Estrada

ISBN: 978-84-698-0868-9
Depósito legal: M-3486-2016

Impreso en España - Printed in Spain

Las normas ortográficas seguidas son las establecidas por la Real Academia
Española en la *Ortografía de la lengua española,* publicada en 2010.

Alcolea, Ana
El abrazo del árbol / Ana Alcolea ; ilustraciones de David
Guirao . — Madrid : Anaya, 2016
88 p. : il. c. ; 20 cm. — (Sopa de Libros ; 177)
ISBN 978-84-698-0868-9
1. Libros. 2. Miedos infantiles.
I. Guirao, David , il. II. Título
087.5: 821.134.2-3

El abrazo del árbol

SOPA DE LIBROS

Ana Alcolea

El abrazo del árbol

Ilustraciones
de David Guirao

ANAYA

Todos los días, cuando va al colegio con su perro Gustavino, Miguel ve un árbol que hay al otro lado de la calle.

Es enorme. A Miguel le parece que es tan grande como su casa. Y como la de su abuelo. Incluso como la de su tía Enriqueta.

El árbol tiene muchas ramas que llegan hasta el suelo y que entran en la tierra. O sea, que se convierten en raíces.

A Miguel le da miedo el árbol porque las ramas se enrollan en el tronco como si lo fueran a estrangular. Y piensa que un día las ramas del árbol se podrían enroscar en su cuerpo y estrujarlo.

Por eso, cuando pasa cerca de él, cierra el ojo derecho y mira para otro lado. O mira a su perro.

A Gustavino no le da miedo el árbol. En general, no le da miedo nada que se pueda ver. Solo le asustan los truenos y el ruido de la batería del vecino de arriba. Cuando Gustavino tiene miedo se acurruca y se convierte en una bola.

Una mañana, el cielo estaba muy
gris. Tanto, que empezó a llover.
Miguel y Gustavino vieron un
relámpago que cortó el cielo
en dos mitades, y enseguida
el estruendo de un trueno llegó
hasta sus oídos.

El perro se encogió y se convirtió
en una bola. Pero esta vez, la bola
Gustavino empezó a rodar sobre
el suelo mojado. Y tanto rodó
que llegó hasta el pie del árbol
que le daba tanto miedo a Miguel.

Al trueno siguió un viento tan
fuerte que empujó a Gustavino.
Y tanto lo empujó que
desapareció entre el tronco,
las ramas y las raíces del árbol.
Miguel se quedó quieto unos
instantes. No quería acercarse.
Temblaba de miedo por el árbol
y porque su amigo no estaba a su
lado. Tenía que rescatarlo,
pero… ¿cómo?

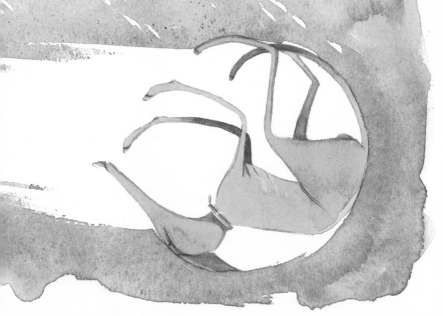

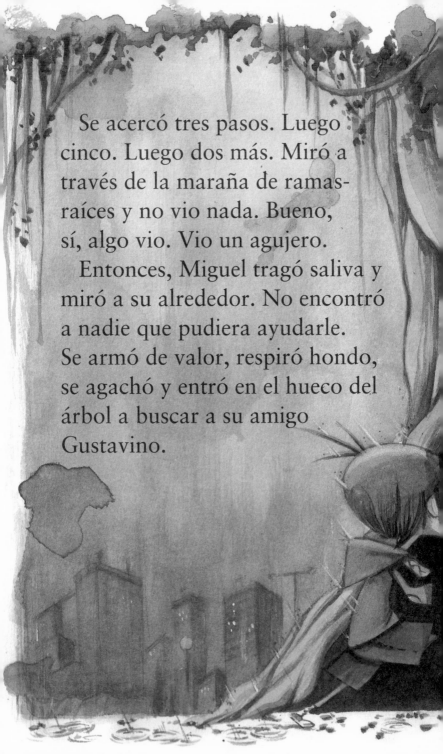

Se acercó tres pasos. Luego
cinco. Luego dos más. Miró a
través de la maraña de ramas-
raíces y no vio nada. Bueno,
sí, algo vio. Vio un agujero.

Entonces, Miguel tragó saliva y
miró a su alrededor. No encontró
a nadie que pudiera ayudarle.
Se armó de valor, respiró hondo,
se agachó y entró en el hueco del
árbol a buscar a su amigo
Gustavino.

Miguel nunca se había imaginado qué podía haber dentro de un árbol. Se quedó con la boca abierta cuando se encontró con un bosque en el que había muchos árboles, un río y una montaña. También había pájaros que cantaban una canción que le gustaba.

De pronto, oyó un ladrido que venía de la otra orilla del río. Allí estaba Gustavino que ya había recuperado su forma de perro, su voz de perro y su rabo de perro, que movía de un lado a otro, contento de volver a ver a Miguel.

—Gustavino, ¿qué haces ahí? —le preguntó Miguel, aunque sabía que Gustavino nunca hablaba. No porque no quisiera, sino porque era un perro, y los perros, que se sepa, no dicen ni «mu». Como mucho dicen algo parecido a «guau», pero nada más.

Y eso fue lo que respondió Gustavino: «guau». En realidad dijo: «Guau, guau». Pero Miguel entendió lo mismo que si hubiera dicho solo un «guau». O sea, nada.

Miguel tenía que cruzar el río para ir a su encuentro. A Gustavino no le gustaba nada el agua y no sabía nadar; así que tendría que ser Miguel quien pasara al otro lado. Pero ¿cómo? Él tampoco sabía nadar y también tenía miedo al agua.

Se sentó sobre una piedra muy redonda, cerró los ojos y empezó a pensar.

Miguel creía que si cerraba
los ojos, no se le escaparían
las ideas. Y como tenía
los ojos cerrados, no vio
que se le acercaba
un elefante amarillo.
Tan amarillo
como la yema
de un huevo frito.

—Hola, ¿estás dormido? —le preguntó el elefante, extrañado de ver a un niño sentado en una piedra y con los ojos cerrados.

—No. Estoy pensando —contestó Miguel después de abrir mucho los ojos. Era muy raro encontrarse con un elefante que hablaba y que además era amarillo.

—¿Y en qué piensas, si se puede saber?

Miguel se lo quedó mirando unos segundos. Miguel nunca había visto un elefante de verdad. Había visto imágenes de elefantes, eso sí, pero nunca de un elefante amarillo, y mucho menos de un elefante parlanchín.

—Pienso en mi amigo Gustavino, que está al otro lado del río. Quiero ir a buscarlo para que los dos volvamos a nuestra casa.

—¿Y cómo habéis llegado hasta aquí?

Miguel se quedó pensativo unos segundos. Cerró los ojos y pensó que, a pesar de su miedo, había sido capaz de entrar en el árbol para salvar a su amigo.

—Mi amigo se metió en
el árbol gigante que hay
en el camino del colegio y
yo he entrado a buscarlo.
Y aquí estamos dentro de
un árbol monstruoso y malvado.

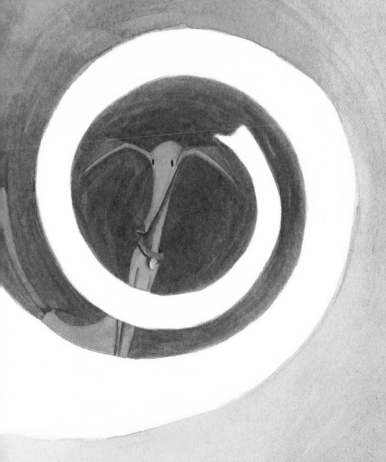

—¿Y desde cuándo los elefantes cabemos dentro del tronco de un árbol? —le preguntó el elefante con una carcajada que hizo vibrar el suelo—.
Y si ese árbol es tan terrible, ¿por qué te ha dejado entrar dentro de él?

—Pues yo eso no lo sé —contestó Miguel, poniéndose de pie—. Por cierto, ¿cómo te llamas?

—Mi nombre es Rafael.

—¡Vaya nombre raro para un elefante! —exclamó el chico.

—¿Y tú?

—Yo me llamo Miguel.

—Pues también es un nombre raro para un elefante —dijo Rafael.

—Pero es que yo no soy un elefante —respondió Miguel, con cara de enfado—. Soy un niño.

—Yo puedo ayudarte.

—¿Cómo?

—Puedo pasarte al otro lado
del río si te subes encima de mí.

—¿Y no me cobrarás nada?
—preguntó Miguel, que sabía
que para subir a un autobús,
a un tren, a un barco, a un avión
o a un taxi hay que pagar.

—No —dijo Rafael.

—Pero es que a mí me da
miedo el agua. Igual que a mi
amigo Gustavino

—¿Te da miedo el agua?
Antes has dicho que te daba
miedo el árbol.

—Sí, también. Me dan miedo
las dos cosas —contestó Miguel,
al que le daban miedo muchas
más cosas que no pensaba
contarle a aquel elefante.

—Ya. Creo que aún no te has enterado de en qué lugar estás.

—Estoy dentro de un árbol —contestó Miguel.

—En realidad, estás en el país en el que no existe el miedo —dijo el elefante, mientras miraba a Gustavino, que había vuelto a mover su rabo.

—Me estás tomando el pelo.
No puede haber un lugar donde
no exista el miedo.

—Claro que sí.

—No.

—Sí.

—No.

—Sí.

Y así estuvieron un rato.
Gustavino movía la cabeza y
el rabo siguiendo las palabras
de Miguel y las del elefante.

—Dime, ¿dónde está el miedo? —le preguntó Rafael—. ¿Acaso lo puedes ver, tocar, oler, oír o comer?

—Vaya pregunta tonta —dijo Miguel.

—La que es tonta es tu respuesta —repuso el elefante—. Sube y te cruzaré al otro lado. Quizás allí encuentres una contestación mejor y averigües dónde se esconde el miedo y por qué estás aquí.

A regañadientes, Miguel se subió a lomos del elefante con los ojos muy abiertos. Tenía miedo de caerse al subir. De caerse mientras cruzaban el río. De caerse al bajar.

Cuando por fin Miguel puso sus pies en la otra orilla, el corazón le iba muy deprisa, pero había conseguido no caerse ni al subir al lomo del elefante, ni al cruzar, ni al bajarse. Así que por primera vez desde que entró en el árbol, Miguel sonrió. Un poco. Casi nada. Pero sonrió.

Abrazó a Gustavino, que se puso tan contento que echó a correr hacia la montaña.

—Eh, eh, ¿adónde vas? Pero si acabo de llegar, ¿por qué te marchas?

—Tu perro no sabe hablar —le

dijo el Rafael—. Así que no te va a contestar. ¿Ves la cima de la montaña?

—Sí, está muy alta.

—Pues tendrás que subir hasta ella para recuperar a tu perro.

—¿Y eso por qué? —preguntó Miguel.

—Allí arriba hay una cabaña. Dentro vive alguien que te enseñará cosas que no puedes ni imaginar.

—Pero yo no quiero subir hasta allí. Además, me dan miedo las montañas. Y las cabañas con personas que no conozco.
Y los ríos y hasta los elefantes, especialmente si son amarillos y hablan.

—Pues ya has visto que has sido capaz de cruzar el río. Y que yo, que soy un elefante y amarillo, no te he comido ni te he hecho daño. Hasta te he dado conversación.

—Pero ya casi se ha hecho de noche y tengo miedo.

—Mientras subes la montaña, debes recordar tres cosas. Primera, estás en el país en el que no existe el miedo. Segunda, aún no me has contestado a la pregunta: ¿dónde está el miedo? Y tercera, por la noche se ven mejor las luces —dicho lo cual, el elefante volvió a cruzar el río y desapareció.

Miguel se quedó solo. El sol se empezaba a esconder al otro lado de la montaña. Oía a lo lejos los ladridos de Gustavino que lo llamaban, pero no alcanzaba a verlo. Respiró hondo, bebió agua del río y emprendió la marcha.

Sentía hambre y sed pero no tenía nada para comer ni beber. Pensó en que no sobreviviría en la montaña sin agua y sin comida. Se sentó sobre otra piedra y cerró los ojos para pensar en una solución. Pero enseguida notó algo muy suave que le tocaba un hombro.

—Buenas noches. ¿Tienes hambre y sed? Toma, te he traído algo para comer y algo para beber.

Abrió los ojos y se volvió para ver quién le hablaba. Era un pájaro rojo que se había posado sobre su hombro derecho.

Miguel se quedó sorprendido. ¿Por qué aquella ave le traía comida y bebida? ¿Y por qué sabía que tenía hambre y sed?

El pájaro soltó unas cerezas que llevaba en el pico, y que Miguel comió con ganas.

Luego, sacó de debajo de su ala una botellita llena de agua.

—¿Y de dónde has sacado este botellín? —le preguntó Miguel en cuanto terminó con su contenido.

—No preguntes tanto —le respondió el pájaro.

—Pero si aún no te había preguntado nada —contestó el chico.

—Has preguntado un montón de cosas dentro de tu cabeza. Y yo sé leer los pensamientos —dijo, mientras pestañeaba lentamente—. También sé que buscas a tu perro, y que se llama Gustavino. Y también sé dónde está.

—¿Y dónde está, si puede saberse? ¿Y cómo puedo llegar hasta él? ¿Y por qué hay una montaña dentro de un árbol? ¿Y por qué puedes hablar?

—No preguntes tanto. Eres un poco pesado. ¿No te lo ha dicho nadie?

Miguel se quedó mirando al pájaro y le entraron ganas de dejarlo allí plantado. Pero no lo hizo. Al fin y al cabo, el pájaro estaba siendo amable, y a lo mejor le ayudaba a encontrar a Gustavino y a volver al árbol, y después a su casa.

—¿Y tú cómo te llamas? Yo me llamo Miguel.

—Yo soy Samuel.

—Pues vaya nombre raro para un pájaro —replicó Miguel.

—Miguel también es un nombre raro.

—Pero es que yo no soy un pájaro. Soy un niño.

—Ya lo sé. Soy un pájaro listo. En fin…, ya ha oscurecido. Tienes que seguir tu camino.

—Pero me da miedo la oscuridad. No puedo subir la montaña con esta oscuridad.

—¿Acaso no sabes dónde estás?
Este lugar es el país donde no
existen los miedos.

—Eso mismo me ha dicho
el elefante amarillo.

—Ya lo sé. ¿Y sabes dónde
habita el miedo?

—¿Dónde habita el miedo…?
—repitió Miguel—. Eso mismo
me preguntó el elefante

—Y no le contestaste, ¿verdad?

—Es que no sé la respuesta.

—La encontrarás cuando llegues a aquella cabaña que hay en la cima de la montaña, y que ahora no ves porque está oscuro.

—¿Y Gustavino está dentro de la cabaña?

—Puede ser que haya llegado ya.

—¿Y cómo llegaré hasta allí? Está oscuro.

—Las luces se ven mejor en la oscuridad.

—Eso mismo dijo el elefante.

—¡Qué poco original soy! ¿Has visto? Y ahora tengo que dejarte.

—No me dejes solo. Tengo miedo. Me perderé.

—No, si recuerdas estas tres cosas. Primera: este es el país donde no existe el miedo.

Segunda, aún no has contestado
a la pregunta: ¿dónde habita el
miedo? Y tercera, por la noche
las luces se ven mejor. Y ahora
adiós.

Miguel se quedó de nuevo solo y se echó a llorar. Nunca le había ocurrido nada parecido. Nunca había pasado una noche fuera de casa. Nunca había hablado con un elefante amarillo, ni con un pájaro rojo.

Se preguntaba qué estarían haciendo sus padres en ese momento. Cuando terminó de llorar, cerró los ojos de nuevo para pensar. Con los ojos cerrados pensaba mejor.

A lo mejor tenían razón el elefante amarillo y el pájaro rojo cuando decían que con la oscuridad se veía mejor la luz.

Porque él veía mejor
sus pensamientos
cuando cerraba
los ojos.

De todos modos, decidió
abrirlos para empezar su camino
hasta la cima de la montaña.
Estaba muy oscuro. Pero de
pronto, vio unas luces que
flotaban en el aire como si fueran
bombillas que bailaban en medio

de la oscuridad. Eran tres.

—Hola, Miguel —dijo una voz
a su lado.

—Hola, Miguel —repitió otra
voz.

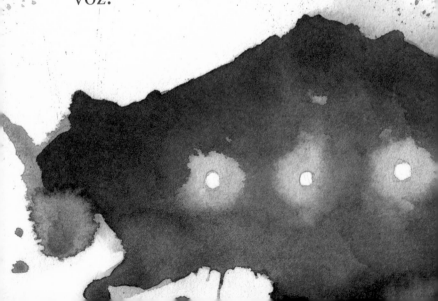

—Hola, Miguel —le gritó
al oído una tercera.

El chico no veía a nadie.
Ni al elefante, ni al pájaro
ni a Gustavino.

—¿Quién hay ahí? ¿Y por qué
sabéis cómo me llamo?

—Tú te llamas Miguel y yo me llamo Arabel —dijo la primera voz.

—Tú te llamas Miguel y yo me llamo Floribel —dijo la segunda voz.

—Tú te llamas Miguel y yo me llamo Dorabel —dijo la tercera voz, que añadió—: y somos tres luciérnagas.

—Yo pensaba que erais tres bombillas voladoras —respondió el chico.

—¿Tres bombillas voladoras? ¡Qué ocurrencia! ¡Pero si las bombillas no pueden volar! —exclamó Floribel.

—Iluminamos el bosque
—dijo Arabel.

—Y la montaña —continuó
Floribel.

—Y la noche entera —afirmó
Dorabel.

—¿Y los caminos que van
hasta la cabaña que hay en la
cima de la montaña, también
los ilumináis? Estoy buscando
a mi perro. Creo que está allí

arriba. El elefante y el pájaro
me han traído hasta aquí.

—Y ahora las luciérnagas te
ayudaremos a llegar hasta la
cabaña que hay en la cima de
la montaña—le explicó Floribel.

—Me da miedo ir solo.

—¿Solo? No vas a ir solo.
Nosotras te vamos a acompañar.
Solo tienes que seguir nuestra luz
—ordenó Dorabel.

Las tres luciérnagas empezaron
a danzar y a cantar alrededor de
la cabeza de Miguel, al que le
entraron ganas de darles un
manotazo y espantarlas. Pero
temió que desaparecieran para
siempre y que todo volviera a
estar oscuro. Y él no quería eso.

Miguel anduvo durante mucho
rato y por fin llegó a lo alto de la
montaña. Allí estaba la vieja
cabaña de la que le habían
hablado el elefante amarillo,
el pájaro rojo y las luminosas
luciérnagas.

—Ya hemos llegado, Miguel
—dijo Dorabel.

—Ya hemos llegado, Miguel
—repitió Floribel.

—Ya hemos llegado, Miguel
—confirmó Arabel.

Miguel las miró y no supo qué
decir. Ante él tenía una casa de
madera con el tejado de hierba.
Por la chimenea salía humo.

—Será mejor que entres —le
sugirió Arabel.

—Ahí dentro encontrarás a tu
amigo —afirmó Floribel.

—Y te enterarás de cosas que
ni siquiera sospechas —comentó
Dorabel.

—Pero me da miedo entrar. No sé quién vive ahí. —Miguel bajó la cabeza y se miró las puntas de las zapatillas.

—Se te ha olvidado una cosa —dijo Arabel—. Estás en el lugar donde no existe el miedo.

—Y ahí dentro —continuó Dorabel— encontrarás la respuesta a la pregunta del elefante, y del pájaro. Averiguarás dónde habita el miedo.

—De momento, ya te has dado cuenta de algo —Floribel parpadeó, o sea, que su luz se apagó y encendió varias veces—: en la oscuridad se ve mejor la luz.

Bueno, en eso tenían razón, pensó Miguel: en la oscuridad se podían ver las luces que emitían aquellos insectos. Y habían sido ellas quienes lo habían guiado hasta allí.

—Y ahora nos vamos —dijeron a la vez Floribel, Arabel y Dorabel.

Las luciérnagas se despidieron con un aleteo especial alrededor de la cabeza de Miguel, que esta vez les sonrió y movió los dedos de su mano derecha a la vez que les decía adiós.

Miguel respiró hondo, caminó hasta la cabaña, y acercó su oreja a la puerta. No se oía nada. Tampoco los ladridos de Gustavino.

Se armó de valor y llamó. Nadie respondió. Enseguida se dio cuenta de que la puerta estaba abierta. Volvió a respirar profundamente, tragó saliva y entró.

Gustavino estaba dormido
sobre una alfombra roja.
Alrededor de la alfombra había
montones y montones de libros.
Y en las estanterías. Y en el
suelo. Y sobre las mesas. Y
encima de las sillas. Todas
estaban ocupadas por libros.

Todas menos una, en la que se sentaba una anciana que leía un libro de tapas grandes y hojas llenas de letras y de colores. Tenía el pelo azul y las manos muy delgadas. En su cara había arrugas que el tiempo había ido dejando. Sus ojos eran marrones y brillaban a la luz de una vela que había sobre la mesa.

—Hola —dijo ella en cuanto vio a Miguel que entraba a la cabaña—. Eres Miguel, ¿verdad?

—Sí. He venido a buscar a mi perro Gustavino. Es ese que duerme encima de la alfombra —contestó el chico.

—Ya lo sé. Llevamos un rato esperándote. Él estaba cansado y se ha quedado dormido.

—¿Y cómo sabe usted tantas cosas?

—Tengo muchos años.

Miguel miró a su alrededor y no vio nada más que libros y más libros. Bueno, y una cacerola de la que salía un humo que olía muy bien.

—¿Quieres un poco de sopa caliente? Debes de estar cansado después de haber subido la montaña.

—Sí, y tengo hambre. Muchas gracias.

La mujer le sirvió un plato de sopa que Miguel se tomó en un santiamén. Mientras lo hacía, no paraba de contemplar la habitación en la que estaba. Apenas se veían las paredes, todas cubiertas de libros.

—¿Te gusta mi casa? —preguntó la mujer.

Miguel no sabía qué decir. Nunca había visto nada igual. Gustavino seguía durmiendo.

—Has venido a buscar a tu amigo. Has encontrado a un elefante y a un pájaro que hablan. Y a tres luciérnagas que no solo hablan sino que te han traído hasta aquí. ¿Y sabes por qué te ha pasado todo eso?

—Para encontrar a mi amigo
Gustavino.

—Sí, eso también. Pero hay
otra razón. Has entrado dentro
de un árbol que te daba mucho
miedo. Ese ha sido el primer
paso. Y este es el siguiente —dijo
la anciana, mientras le entregaba
a Miguel un libro que había en
una de las mesas.

Miguel la miró extrañado.
Luego miró al perro, que seguía
durmiendo, tan tranquilo. Por
fin, cogió el libro y se sentó en
la alfombra. La anciana hizo
lo mismo, pero en la silla.

—El elefante amarillo, el pájaro
rojo y las luciérnagas me han
dicho que este es el lugar donde
no existe el miedo.

—¿Y?

Miguel se quedó callado.
¿Qué tenía que ver un libro
con el miedo?

—¿Y? —repitió la mujer.

—No esperaba un libro.

—El libro contiene palabras, historias, cuentos. Cuando aprendas a leerlos, el miedo que hay dentro de tu cabeza desaparecerá. Se irá lejos, más allá de esta montaña y del árbol por el que viniste aquí.

—Pero el árbol me daba miedo —repuso Miguel.

—Porque no sabías leer en él —contestó la anciana.

—¿Leer en un árbol? —Miguel
pensó que bastante tenía con leer
en los libros, ¿cómo se podía
leer en un árbol? El árbol no era
un libro. El árbol era un árbol.
Y no decía ni «mu» ni «guau».

—Te dan miedo las ramas
del árbol porque aún no has
aprendido a leer su mensaje.

Miguel no entendía nada. ¿Qué mensaje podían tener las ramas de un árbol que estrangulaban a su propio tronco? ¿Qué se podía leer en ellas?

—Con las palabras harás volar tu imaginación —continuó la mujer—. Te irás a los lugares que quieras, con quién quieras, con lo que tú quieras, y con el color del pelo que te guste más...

En ese momento, el pelo de la anciana dejó de ser azul y se tiñó del verde de los kiwis que tanto le gustaba comer a Miguel.

—Y no tendrás miedo porque
tendrás el poder de las palabras.
Harás magia con las palabras y
sacarás de ellas lo que desees.
Igual que el mago saca un conejo
de su chistera, tú sacarás de las
palabras lo que más te apetezca.

Por esa razón, también tendrás
poder sobre el miedo. Las palabras
que hay en los libros expulsan
el miedo de tu cabeza y la llenan
de colores. De los colores que más
te gusten en cada momento.

Miguel cerró los ojos para
pensar mejor en lo que le estaba
diciendo la mujer. De pronto,
cuando estaba en medio de sus
pensamientos, los abrió y miró de
nuevo a su alrededor. Entonces se
dio cuenta de que ya no pensaba
mejor con los ojos cerrados.

Imaginó que tal vez el miedo era como el humo que salía de la chimenea de la casa y desaparecía en el cielo.

Miró a la mujer y vio que su pelo era ahora de color naranja. Sonrió, acarició el libro y decidió que nunca más cerraría los ojos para pensar.

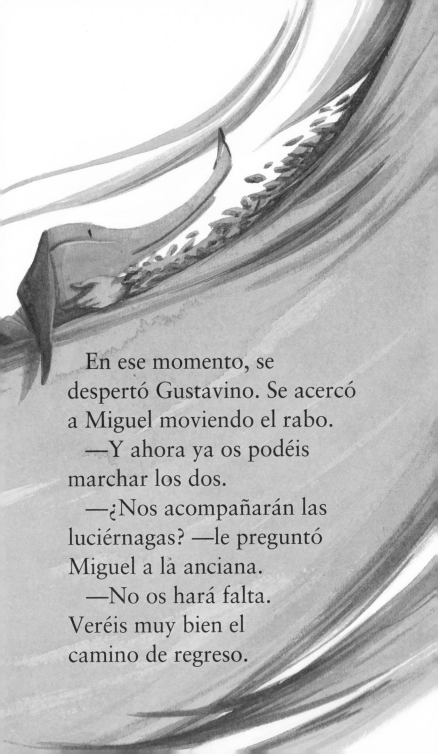

En ese momento, se
despertó Gustavino. Se acercó
a Miguel moviendo el rabo.

—Y ahora ya os podéis
marchar los dos.

—¿Nos acompañarán las
luciérnagas? —le preguntó
Miguel a la anciana.

—No os hará falta.
Veréis muy bien el
camino de regreso.

Miguel le dio las gracias. Cogió
el libro que le había regalado,
y él y Gustavino salieron de la
cabaña. Ella los miró un momento
desde la ventana y enseguida se
sentó para seguir leyendo. Su pelo
era violeta.

Miguel apretó bien el libro para no perderlo, miró el humo de la chimenea por última vez, sonrió y emprendió el regreso con su amigo al lado.

Miguel veía perfectamente el camino aunque aún era de noche. El chico y el perro bajaron la montaña, y vieron en la lejanía a las tres luciérnagas, al pájaro rojo y al elefante amarillo.

Miguel miró a Gustavino.
Le habría gustado que hubiera
hablado, como el elefante, el
pájaro y las luciérnagas, pero
a pesar de todo lo que había
pasado, el perro no hablaba.
Solo movía el rabo y ladraba.
Poco, pero ladraba. Como antes.
Algún «guau» de vez en cuando.
Nada más.

Cruzaron el río caminando
sobre unas piedras y llegaron
hasta el árbol. Entraron en el
agujero y se encontraron de
nuevo al otro lado, al pie
del árbol gigante.

Miguel se atrevió por primera
vez a mirarlo de abajo a arriba.
Vio sus ramas que se enlazaban

unas con otras y se dio cuenta de que las ramas no estrangulaban al tronco, sino que lo abrazaban.

Se apoyó en el tronco con los ojos muy abiertos, y sintió que las ramas le tocaban un hombro, luego el otro, y que también lo abrazaban a él.

En ese momento, Miguel entendió que muchas cosas dependían exclusivamente de su imaginación.

Había descubierto que el miedo habitaba solamente dentro de sus pensamientos.

Y había aprendido también que, a través de las palabras, el miedo se puede teñir de todos los colores, como el pelo de la mujer de la cabaña, y dejar de ser miedo.

Miguel cogió en brazos a Gustavino, le acarició el hocico, y se dejó lamer la mano.

Fue entonces cuando a Miguel le pareció que de los ojos de Gustavino nacían todos los colores.

Escribieron y dibujaron…

Ana
Alcolea

Ana Alcolea es licenciada en Filología Hispánica y diplomada en Filología Inglesa. Ha publicado ediciones didácticas de obras de teatro y nume-rosos artículos sobre la enseñanza de Lengua y Litera-tura. Ganó en 2011 el Premio Anaya con su novela ju-venil La noche más oscura. *En esta historia, como en otras ocasiones, habla de los libros y de su poder para enriquecer nuestras vidas o ayudarnos a superar los miedos. ¿Qué es para usted la lectura?*

—Para mí, la lectura es crear un mundo maravilloso en mi imaginación a través de las palabras. Un mundo tan poderoso como la realidad, o incluso más. Me gusta transmitir la idea de que el lector es tan creador de lo que lee como el escritor. Por eso, el libro es infinito, no se acaba cuando yo lo escribo, sino cada vez que lo lee alguien. Lo lee, lo imagina, lo crea. Yo era una niña miedosa. Y leía mucho. Mis miedos desaparecían en medio de las palabras, porque las palabras tenían el poder de llevarme a lugares fascinantes. Tan fascinantes como yo quería. Por eso, quería escribir un libro en el que el personaje se curara de sus miedos a través de los libros. Como me pasaba a mí. Y como me sigue pasando. Porque la vida no es una carrera de obstáculos, es una carrera de miedos que hay que ir superando.

—*¿Qué títulos recuerda especialmente de su niñez y le gustaría recomendar a los lectores?*

—Leía mucho de niña, y ahora también. Me gustaban especialmente las aventuras de «Los Cinco», unos niños que se metían a investigadores en lugares increíbles: castillos, acantilados… Lo pasaba muy bien en su compañía: como si fuera uno más. Además, con ellos aprendí a desayunar muy bien; nada de un vaso de leche y ya está: tostadas con mermelada, cereales, miel… Y aún sigo desayunando como los personajes con los que viví tantas aventuras a través de las palabras de su autora, una señora inglesa que se llamaba Enid Blyton.

David Guirao

David Guirao lleva casi dos décadas dedicado a la ilustración profesional. Ha creado materiales para carteles, animación y hasta ha diseñado unas fallas. ¿Cómo fue su comienzo en la ilustración de libros infantiles?

—Tuve mucha suerte, ya que mi primer trabajo profesional en el mundo de los libros infantiles fue de la mano de Daniel Nesquens.

—¿Cómo ha sido ilustrar esta historia tan especial?

—Guardaba una ilusión secreta de poder ilustrar un libro en la colección Sopa de Libros y, además, soy un entusiasta seguidor de los libros de Ana Alcolea, son todos una maravilla. Así que este libro se ha convertido en algo muy especial para mí. ¡Tengo muchas ganas de abrazarlo!

—¿*Cómo se planteó el trabajo con esta historia tan mágica?*

—Quería que el color fuese un protagonista esencial en el libro, así que volví a recuperar mis viejas acuarelas, y reconozco que me costó un poco volver a pintar con pincel. Buscaba también que algunas formas geométricas se repitiesen a lo largo del libro, unas veces se aprecian de manera evidente, otras están ocultas. Los lectores tendrán que buscarlas.